冷暖研究

姚辉 著

当代世界出版社
THE CONTEMPORARY WORLD PRESS

姚辉

男，汉族，1965年生，贵州仁怀人。出版诗集《苍茫的诺言》、《我与哪个时代靠得更近》（中英对照），散文诗集《在高原上》，小说集《走过无边的雨》等10余种。中国作家协会会员，贵州省作家协会副主席。

目录

第一辑 我与群山

第二辑
冷暖研究

第三辑
春天以来

第四辑
山间随想

第一辑

我与群山

旭日

你不会被太阳忘记

即使最严苛的黎明也有
高过栅栏的呼唤
听　不只是风在呼唤
太阳正试图
以星辰的方式呼唤

你指出过太阳狭窄的
种种路径　太阳需要更多的
路径　它扶起倒塌的信仰
在一个类似忘却的时刻
抵达你的灵肉

不懈辗转的日影遍布
血脉与翘望　太阳不只
属于往昔　不只让路
超越所有起点

那个用太阳校正
历史的人重新退向
黎明之外

太阳
还在呼唤——

黎明记

连雾也是重要的
黎明不一定完成了所有
抵达　但黎明
必将抵达

谁已提前预知黎明的
路线？它绕开歧途
直接深入到众多
灵肉中　黎明
有超出时间的戒律

你可以继续行走
像黎明张贴的各种遐想
你　可以找到那些
迷路的黎明

灰色之雾让山河隶属于
谁坚毅的表述？

雾　决定着更多未来
决定着黎明拥有的
所有法则

雾不断散开
我们　该如何确定黎明
回溯的方向？

花

花朵可能会成为一种习惯
这是比梦境更为重要的
花朵　它们带来了
最早的天色

它们挤开灰暗的风声
在蜻蜓或日影间
寻找往事　而目送
花朵远离的人不属于这
风与回望的时刻

风也寻找过你与
花朵的往事　一种锋利的
花　被悬挂在诺言上
风也需要追忆

如果你在途经花香时
遇到过我　你就是
花与黄昏数度
交换的宿命

我与群山

我们有共同的骨头

或者我的骨头更多一些
像无数缠裹着星光的
爱与缄默

骨头与骨头交错
这些让风不敢随意
消歇的勇气　迸溅过
篝火嘶哑的誓词

某座歪斜的山成为
鸟的梦境　我
在鸟羽上找到过最为
辽阔的天色

也许鸟的确数清过群山的
骨头　而我是无法数清
莽莽群山的人　我
衰老得太过迅疾

群山质疑过
我的哪一种骨头?
是旭日的骨头
还是风与叶的骨头?

群山也在衰老
它们记错了星宿的怀念
记错了我的痛和敌意

群山晃动——

我们有共同的遗忘。

灯

那么多灯　那么多
陌生得让人
想抱头痛哭的灯

石头需要的灯也是
风打碎多年的灯

——那么多灯
外祖父已在泥土中沉睡
多年　还有多少
沉睡的人必须守着
那些灯盏？

孩子不懂得什么叫活着
所以呀他们欢笑
孩子们不理解泛黑的
种种欢笑　所以他们必须
灯一样活着

那么多灯那么多
熄灭了又嘶叫着重新
迸溅光亮的灯——

外祖父陪着泥土沉睡
他　也许从未忘记
灯曾有过的疼痛

那么多灯
总无法改变
五十多年前的山色

有人擦干泪水
他　如何再次复述灯
永不背弃的往事？

鹰

这苍穹的锻造者正不断
衰老　它的翅翼
属于记忆背弃过的
最早风云

鎏金的风如
虚拟的往事一再
晃动　苍穹有难耐之暗
有孩童描述云霓时
松弛的种种惊愕

而栅栏背后的梦境与鹰的
预言近似　谁为苍穹
找寻存续的理由?
谁　把鹰的侧影刻上
终将无效的史册?

说到苍穹的锻造术
鹰的犹豫已成为警示
风声陈旧　一个
质疑彤云的人
已只能重新犹豫

祖父攥旧的鹰笛变得
嘶哑　它说出
秋与归途　说出
我和整个尘世
倾斜的诱惑

苍穹并不一定能被纳入
鹰的轨迹——

蝴蝶

只有一个人能遇见
去年的蝴蝶

蝴蝶是黎明的某种
代号　天空那么陈旧
蝴蝶在翅膀上
找到了不太恰当的风声

怎样才能算作“恰当”？
是将旭日重新逼回到夜的
火势中　还是催促酒意
变暗？大地让出
一部分骨头　蝴蝶飞
风　纠正了谁
最初的怀念？

而你有比较恰当的幸福
蝴蝶不会飞得太近
它　想重复你可以遗忘的
某类身影

风与蝴蝶同时抵达

请学会在蝴蝶的道路上
寻找奇迹

蒲公英

必须是拂晓前的一刹
铁打的露水里闪过一丝灰烬
大地突然抓紧失踪的孩子
站在风中 你
才能看到那一小片
扭伤的花色

三月在等五月还是二月?
蒲公英不守候什么
它 只负责守候

大地是否仍有多余的孩子?
它们不断走失 不断
从自己的遗忘中
翻查潮湿的萼与根须

露水藏满了久远之痛
一具雕像不懈
闪烁的斑痕延展着
花朵空前的应许

蒲公英必须忆起风中的
各种道路——那些
星星般的种子
曾一遍遍寻找过的
漫长道路……

黎明严肃:一群
奔跑的蒲公英
即将铺砌出
太阳前行的路线

沙

再困乏　一粒行走的沙
也仍将大过所有
肃立的山

沙呼啸过诅咒过
咽下过被风锯割的血肉
沙　跌倒过
顶撞过各种铁打的
天色

用诅咒与恨绝对无法
堆积出一粒
躬身跋涉之沙

沙　说出什么？
沿途插满岩石与旗一般
闪烁的命运　沙
延长了　多种命运

沙创建过另外的道路
一粒沙　可能在
哪种风向上
修改你和我们的道路？

那随沙粒奔走的人
学会了　沙最新
且遥远的呓语——

雾

你相信雾中的一切还是
雾之外的一切?

此刻　雾消除了一切界线
你相信雾起前的
一切　还是雾预备散开
及静静散尽后的一切?

犬在犬身旁走着
侧面是灵魂和灵魂堆积成的
我　但我们彼此浑然不知
我们正在以各自的方式
成为雾的骨头

雾　咽下过
多少呐喊?

雾是从誓词上
刮下的第七种尘灰
雾飘荡
触痛往事

雾已走上变形之雾
抢占的歧途

雾试图制止的未来翻开
救赎及爱　雾里
传出那么多绢帛状憎恶
我守护的雾　抖露
刀刃之光　所有模糊的冀望
超越雾　超越了我们
艰难的追缅

你相信雾遗忘的一切
还是雾不忍铭记的一切?

对话

你会遇到更多的对话者。

没有什么是绝对
陌生的　你肯定能
决定自己的路径
你的行走会让更多的
对话成为启示

整个世界因对话而
存在　石头是风的对话者
风听到了信念的回响
你　不会错过风
与石头的期盼

街衢。灯与黎明
同等重要　而未来
即将进入对话的第一种
可能　庄严的人高举诺言
他还能界定源自灵肉的
多少种奇遇？

那么多对话者即将
代替传说

你必须以梦与爱的
方式　成为
真正的对话者

墙

墙的建造者至少
可以衰老三次

第一次衰老于夯土呐喊之前
那些土　藏着大量燃烧的
种子　墙的建造者
有理由忽视所有种子

土粒中还藏着几重
开裂的天穹。第二次衰老
格外严肃　他们
从身影摆动的回声
开始衰老　如果天穹
留下金色影子

你也可以提前衰老

什么才是难以
置换的第三种衰老?

墙叠成比时间漫长的
迷宫　那么多墙
与真正的建造者无关
而你的衰老并非一种质询
半堵倾斜之墙正撑起
几面灰暗的旌旗

请再回到第一种
衰老的方式

无题

量杯中的水比大海自由

它晃动　上下晃动
前后晃动　以针尖般
颤抖的沉默　晃动
而大海　无法
以这样的方式晃动——

大海的辽阔是无效的
它常常被虚拟化　像挂在
量杯边缘的各类身影
大海　甚至丧失了
比盐粒更微小的自由

大海必须忘记
自己的苦痛

量杯与礁石：潮汐的
刻度可以随意修改
一座碎片化的海
向杯中的水
乞讨不断枯裂的自由

量杯能否为
超越某种时代与海的
范式　迅速破碎？

远处的海
早已伤痕遍布

纪念

他肯定已顺某种雨声
进入过死亡

旋转的霓虹　在城市上空
板结　那些被梦想
推到后面的人　是否
真正听到了这击溃
生命的雨声？

他肯定已在
雨滴浸泡的星光中
复制过死亡——

还有什么能成就
那些最为重要的死亡？
路上呐喊的人也是
梦中失败的人

雨。星辰与雨互为利刃
雨……星辰与雨
互成戒律

寄放宿命的城市
在零碎的呼叫中坍塌
有人　抵达夜的 G 点
像时代刻在所有耻骨上的
某种奇迹

他肯定已凭一己之雨
超越了死亡

晨光

别总追问晨光的意义——

略显异样的晨光让我们
变老了还是更为迟疑?
一个孩子即将醒来
一群奔跑的山
已经醒来

草。所有星辰都可能被
寄存于草叶间
露水收藏的草色闪射
不断变幻的未来
而晨光总会将路口的草
压得更斜

我想遇见的歌者
已离开

他是夜的一部分
他如何重新隶属于这
难以启齿的黎明?
我能否为他　设定
一些另外的道路?

晨光敲碎
几块暗红色石头

神突然觑见了
自己必须领受的
各种皱纹——

晨光没有意义。

守夜的人

与风无关　他只是
久久坐在巨大的风声里
风　给他预留了一个
异常阴冷的窟窿

他坐在那里　并不张望什么
偶尔　他使劲闭上双眼
这世界欠他多少张望?

沉默。他只能沉默
他　为什么沉默?

风穿梭在骨头与血肉间
这些模糊的肉与血
这被折叠成各类缄默的骨头
依旧卡在风里

他与这废墟般的夜
到底能构成怎样
复杂的联系?

大风吹　他的背影开始
摇晃　他有最无助的守候
风依旧环绕着　他正在
接近风击碎的往昔

夜晚如何结束?他
将一块石头扔进星空
他守候石头穿越星光时
必将消失的回响

漂泊及其他

如何正确地与刻在
石头上的字
探讨漂泊的意义？

如何只是完成探讨
而不亵渎漂泊？

如何让这些字往左移动
半个时辰　而确保
字的影子丝毫不乱？

如何在笔划的凹陷处存放
来自远处的雨
并让雨　只在自己的
回声底部枯裂？

如何以硬币上的太阳
置换所有划伤文字
及岔路的太阳？

如何让某个字
变成可以回收的火？

如何在石头确认的天穹上
增补几行生僻的字
以及一只被远方
逼退的鸟？

如何让文字始终
活着　并坚持以风的方式
完善漂泊？

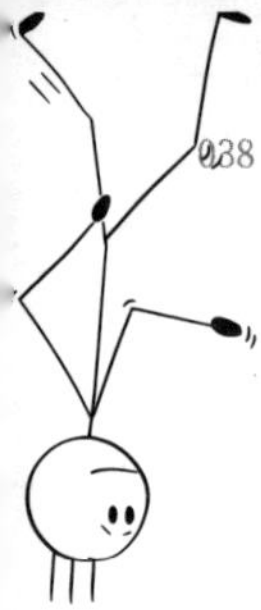

铸剑的人

火是上个年份的
缠裹烈风的火
熟悉铜的所有筋骨

现在铜是一条河
涌流　嘶吼　铜将自己
塞进狭窄的锤声中
铜想先向风预约
第一种黝黑的锋芒

火忽明忽暗
如果铜的隐痛成形
谁　将以另外的风雨
淬炼铜的习俗?

铸剑者在火的梦境里
出现　像一种月色
被火反复梦见的铸剑者
擎着曲折
而坚固的缄默

剑成为某类传说
一些废弃的铜试图
再度回到火中
它们　想替换一部分
卷刃的苍凉

铸剑者正进入
那团修订剑气的火

我们的雪

亡灵在空中等候多年的
也可能是这场大雪

重复的雪。寒冷比历史
更为重要——雪飘落
又升起　雪有需要缝合的
宿命与天地

雪。谁试图遗忘这些
密集的亡灵？苦难与祝福让
低沉的风永不消散
雪　大地的痛还有多少
值得砥砺的底色？

亡灵那么坚硬。昨夜纸与
火势中的亡灵也是此刻
大雪与风的亡灵——

雪堆砌在犬影上　我从河与山的
对视中归来　我认得那些
反复出没的亡灵
我　记得他们嶙峋的习惯

我们　又该如何用风
分开这共同之雪？

夜

大量星空被虫翅替换
所谓霓虹　仍有可能成为
甲虫菱形的欲望

咏唱者让霓虹褪下多重
侧影　当我被颂歌
反复锤炼　我已无法
坚持将星空刻进
倦怠的墙隙

而甲虫拥有比我们
更为多义的星空
夜行的人　拒绝苍老
他忘却的星光
又一次浮上
风的旧俗

铜像在广场边缘蹲下
它伫立得太久了
遍布苔痕的铜　从自己
肋骨里　掏出霓虹
曲折的回声

颂歌变得凌乱——

甲虫能否将星空
完整移入我们
漫长的往事？

猜测

你不知道火藏在哪里
火　将被哪一种手势点燃

谁的手？是他左侧的她
还是她背后的他？他们都在
微微发抖　木雕的
山形　微微发抖

旗帜让旗帜变得密集
信仰与爱：各类口罩依旧
鲜艳　你不知道那些
将家国藏于血脉深处的人
为口号增加过
几道光焰？

而所有时辰
都属于咏唱者属于微笑着
奔走的人　她们那么美
那么健壮她从头巾上
摘下时令之痕

你不知道那背过身去的人
是火的女儿
还是将多种山脉组合成
誓词的预示性

像石雕的风　她
将山与时间的火炬
点燃——

马

拒绝嘶鸣。那些翔舞的山
挤窄鞍鞯左侧的信仰
呓语者仍沉睡着
马　追赶自己最为
壮丽的苦难

拒绝旭日一般嘶鸣
岸边的拉纤人与波澜同在
马　想从纤绳倦怠的爱恨中
找到适合远方的
所有渴望

黎明的职责不能轻易更换
马将山与河楔入烟尘
马改变的历史　容忍着
种种坍塌的传说

旗帜迟疑。马拒绝以嘶鸣
印证更多启示——

一滴水藏起全部马影
马是跋涉者托举的另一种
旭日　马　向烈风集聚
这旋转的方阵
最终将进入谁脊梁上
那片不朽的光芒？

马　让旗帜
找到了自己真正的
痛处……

致敬

这漫山的酒意呈颗粒状
它们就要堆满
各种喧嚷的树影

河。酒的源头该如何
修订？你想从酿者汗湿的
手势上　找到哪一种
淋漓的祝福？

有人用反复蒸腾的酒事
为河打上补丁　这褴褛过的
浪　迅速呈现红色

山有可能再次站成一壶
咣当直响的酒　命定之山
有些孤傲　它试出了
炎凉幽暗的深度

而我将作为致敬者
恒久沉醉——酒的边界
不成其为边界

一滴酒仍将进入
时间重叠多年的命运

虹

不寻找。我们
只是相遇

联想式相遇……

从石头上升起的虹
类似于车前草上升起的虹
类似于河曾经
以彼岸隐藏的虹

不寻找。滑行之雨
翻越四种苍穹
我们只是
习惯于相遇

墓地之虹往返于风中
一只麻雀
索要属于自己的虹
它　想进入
虹的往事

墙向东方侧转
如某种成为虹的可能性

不寻找。虹
代表了神新拟定的
某些道路——

花与八月

将花搁进石头的人
好像错过了　整个八月

花与石头同样重要　但你
不能忽略八月　不能
忽略太阳出现前
那片必须犹豫之雾

石头占有过其他岁月——
之前　石头与花朵无关
那缄默多年的人
为何向石头献上了
唯一的花朵?

花朵基于黎明的力量而存在
花是某种默许　它
确认过　石头飞翔的
最初方式——

花如何超出八月的必要性?

而我可以错过
其他石头追逐的八月

落叶记

落叶迟疑　它能覆盖的
山河　终究有限
这蝉声淬炼的山河
逐渐卷刃——秋的骨骼
再次变得绮丽

你不一定认识第一种
落叶：大地由露滴砌筑
你不一定需要
落叶放弃的习俗

一幅被梦境整饬的山河
能否战胜怀念？赤霞
带着稻香奔走——
一卷山河　发出
风云欲罢不能的声息

落叶比史册悠远

巨椿见证的朝代遍布
疵痕　街头的木槿
紧攥着　大群青翠之叶

它可以置嫣红的花于不顾
但它必须掌握树叶的
第五种时辰

叶在落　谁家香案上
祖先的画像　微微晃动
山河软了筋骨
谁的祖先　又递出了
一张鲜艳的落叶？

瓢虫论

作为星空之一　瓢虫的
嗡嗡声　来自几种
朝南的支柱

梦境式支柱仍在碧绿着
这是较为稀疏的支柱
不同于山梨型支柱
而梨的内部也藏着一部分
嗡嗡直响的星空

我身边的黄犬是一种
用风铸就的支柱
它奔跑　它想换取瓢虫的
路径　想将漫漫花事
做成另一种
泛红的弧形支柱

有人进入到瓢虫的旧事中
一群瓢虫　已超越了简单的
瓢虫论　并开始触动
北方及其他部位的支柱
我　想和黎明
交换一些云霓状支柱

瓢虫高于旭日

天穹弯曲——
瓢虫在收集你维系
春与其他秋天的
各种支柱

焦虑

突然升起了一种
黄昏式焦虑

而此刻正是草芥的黎明
最后的星盏收拢翅膀
做惯噩梦的人再次
醒来　你将旭日掼向
风及风偏转的轴承
你　进入到一种
暗红色焦虑

身旁的人　依旧沉默着
匾额上　适合再添加
多少洪荒类期待?
你想经历的黎明与眼前的
黎明保持着风一样
浩阔的差别　风还可以
被假设一千遍　风的回声

开始朽腐　你无法
改变苦难消失前
刻骨的焦虑

然后是正午的眺望
野草与店铺中霉变的繁华
相互掩映　焦虑源自
染色的悔恨与爱
源自嶙峋的女人预留的
所有追缅

一个习惯焦虑的人
将骨头搁在
史册的扉页上

黄昏愧疚　然后将
失效的幸福迅速转化成
某种典型性焦虑

场景之一

你肯定愿意在风前
再摆设五块石头

五块黑石头。风暂时仍被
拴系在旗杆后侧
宏阔之红面对着石头
依次排开　你肯定
确认过那些颤抖的风向

而衰老的见证者一言不发
他刚从旗杆上下来
然后　是侧立着的更多
见证者　是曾经
被见证的大幅风声

巨大的空旷。你肯定愿意
堆放更为久远的风与
苦难　追寻者为土地流泪

追寻者如何再为
土地奉献骄傲之血？

五块石头。哪一块是必须
闲置的？一个承揽
急风的人启动了崭新的
时间　他也说出
旭日雕琢过的
第一类阴影

如果在石头背后安排
四种麻雀——

它们啼叫　这么庄严的
啼叫　即将混入
向东面倾斜的天色

短歌

肩扛大海的人
如何更换那些逐渐
陈旧的波澜？

他越跑越快
他绕着黑色星辰跑
绕着火珍藏的灰烬跑

他扒开结茧的涛声
试出 整座海
酸涩的痛

他修缮虫蛀的岸

他如何将海
安放在碎裂的杯盏中?
海 也在奔跑——

海抓紧了他蔚蓝的潮汐。

投石者

的确无法给予大河什么
——这呼喊之河这消耗过
大量善恶之河

但可以投石——

向河流投掷星光修缮的
石头　一如在灵魂
北壁凿孔一如在
废弃的史册上发掘
青铜式质疑

石头凌乱地飞着
你不能苛求大河能
退还什么　这么多维系
思想与苦难的石头
如何正确地改变
整条河的流向?

投掷者让石头找到
比河更为
艰辛的道路

如果一块石头
不愿飞翔

不愿朝着那片
藏匿时代阴影的波涛
飞翔　其他石头
如何活着?

河　翻开自己的凝望
将几块受伤的石头
堆砌成　苦与乐
易变的水势

酒

请按顺时针方向安排醉意

从太阳开始　依次绕过
苍莽之山然后于大河转弯处
搁置宏阔梦想　再顺势
将巨树之影铺向
靠近暮色的翅翼间
你不忍辜负的甘苦已只能
成为自觉的醉意

且让星月随酒的光芒
涌动　你斟酌炎凉
将山河的旨意一一贴上杯沿
你　以铭心之醉
筛选　尘世无尽浮荡的
新云旧雨……

论及醺然　剑的醉态
可能略逊于烈火　而长歌中
穿行的风　略逊于让醉意
变得空前沉重的灰烬

一些干涸的杯子
正不断飞越　十万种
命定之酒——

请以更换沧桑的方式
确定醉意

第二辑

冷暖研究

山中日出

日出的陌生感
不会因某种山势改变

你最熟悉的山势：左侧是
磨槽塆　右边为椒园
中间的银子岩被雾盖着
下面是大田和它
多余的田埂　然后是
让田埂在夜色尽头
学会飞翔的你

竹篱外的鸡忽略了这次
日出——它们不鸣叫
不按响太阳的门铃不将风
从黑暗中拉开

或者鸡延缓了一己的
警惕性 它忘记了该以
怎样的方式
迎接自己的传说

太阳浮动。在山与山
递交的苦难中
太阳 加刻了一道光芒
——而你已经醒来

太阳将风从远处搬来的
山脉堆到你檐下
太阳为黎明
更换了最新的秩序

冷暖研究

它研究你对冷热的感知度
研究那声哎呀
到底来自冰凌还是火焰
它研究你对炎凉的
掌控力——它是说青草及
霓虹方言的鸦

另一项研究则由喜鹊
完成：你触摸到的神为何
换上了蛇的肌肤？
与善良有关的四种面具
远离了苦难的相似性
谁该对此负责？
谁在你嶙峋的手势上凿刻
落叶纵横的季候？

某个黄昏　鸦与喜鹊
终于达成了一种互补式

研究：鸦贡献疑惑
喜鹊负责回答
或者鸦负责修改答案
喜鹊　对抗疑问

作为本项研究的见证者
风一会儿绕开鸦翅
一会儿又回到喜鹊的
魂魄中　风可能也在修改
答案　像修改耻辱到爱
唯一的途径

谁的信仰正成为神
不断失败的理由？

你　开始研究
鸦与喜鹊习俗的
不同厚度

疑问

那些手捧泥土的人
为何又一次
变得羞愧？

“这么好的收成　让神
可以继续活着　活成一把
稻草　而你可以抓牢自己的
那根稻草。”你必须坚持
重复所有让稻草
闪烁的羞愧

泥土里有多少祖先？他们
沙沙作响　宛如一些
腐烂过多次的根子
“稻子与红薯可以拼接出
另一种天堂　或者
家园　你从汗滴中找到的篝火
依然陈旧——”
“还有什么　能比大地

面对的怯懦更为羞愧？”

你甚至不敢认真幸福
土的幸福被换成虫
与灯的幸福——“请献出
最后的儿子或者儿子项圈上
呼叫的龙纹　灯芯缠绕的
未来开出彩瓣　请将
风雨再次归还给
羞愧的父亲。”

泥土从手上散落……

祖先被卡在
虫声与遗忘中

为什么　手捧泥土的你
带来了这么悠久而
壮阔的羞愧？

与告别有关

雨出现在告别者前面
这么密集的雨仿佛
决定了所有告别

那些流泪的人也曾被雨
反复伤害　雨缔造的
黄昏不会再给你
太多慰藉　雨甚至
已无法记住自己

陌生的告别者
站满屋角　雨声比黄昏
低矮　这些沉默的人
也许很早以前就
适应了告别

死亡能算真正的
告别么？习惯悲伤的人
从一阵风里
找到倾斜的命运

他宁愿放弃坚硬的
雨意　宁愿在
告别时刻　成为
雨的预言或者证词

雨

秋天的第四种面具
和雨有关

秋天本身已极难辨识
灰雾。山麓上的歌谣又
增加了多种模糊性
何况这雨　正遮掩秋天面部
微皱的沉寂

谁　向巨石索要
祖先的身影？巨石也曾是
一部分雨意——祖先
让巨石变得沉默　这些
奔跑的石头　已难以
区分雨和祖先
共同面对过的苦痛

我想从巨石与暮色中
找回另一阵见证性冷雨
让雨说出一些骨头深处的暗
说出　秋天无法
更改的预感

或许秋天也在为雨
打制面具——脂粉状面具
也可能是誓言型面具
雨抵达上一个时辰
雨　总能尽量
活在往昔

雨让秋天左侧多了某些
值得延续的祝愿

草木之间

草木的欲望有些易碎
草交还露水　只舞着一种
空落落的手势

杂乱的草。但欲望是
整齐的　由绿转黄的欲望
又分出了一些枝叶

从草的角度看过去
树略等于很久以前的虚无
树还将保持哪一种欲望?
树想把草丛深处的风
刻在年轮北侧

树舍弃过多少欲望？
草奔跑　它们避开树的
内伤　进入到被
泥渍揪扯的欲望之影

草木在找一块结茧的火
这与欲望有什么关系？
草与木结成三角形
欲望联盟　火
在重复欲望的回声

一棵刚发芽的草
让树的欲望
迅速成形

种树记

天转晴　太阳叮嘱的事
总与土地有关

杨梅选定了
自己生长的方向
——另一棵沉默的杨梅
有黄昏般悠久的寄寓

李树和桃树结伴而行
它们在菜地边缘
扎下根须　它们急待证明
各类花果交错的四季

几种葡萄决定着星宿的
长势？绿色的星抽出浅芽
鹅黄或红色之星连续
伸远枝条上的梦
以及震颤……

而樱桃有樱桃的想法
枇杷北侧的樱桃呼唤其他
樱桃　它们恒久守护
柑橘上空最为
吉祥的天色

海

肯定有一些大海是多余的

泛抒情。波澜逐渐
石化——鸥是值得虚构的
三种事物之一　而另外的事物
难以出现　腥臊的君王
拍打自己的骨头
他是回声的制造者
他　让一些大海扁平化

但浩繁水声仍将铺砌出
块状咸涩　日与月被忽略着
海滩上的石头从这一刻
呼啦啦滚向往昔

一个人从水滴中捻出
整座庙宇　谁架风雨为椽
以血肉构建潮汐之梦？
谁　藏身于那滴最为灰暗的

水中　细数由沧到桑的
最初距离？

那片失败的海不会离你
太远　它有可能
就在你沉重的跟腱中
它有可能在不断更换你
倾斜的黎明

有一些大海是急需的
泡沫里　藏满谁与我们
共有的时代？
没有什么比时代
更为炫目　而海让时代
一遍遍辜负着
这份铜镜式炫目

肯定有一些大海
无法追忆……

在集市上

乡土的时辰　已有一部分
被允许标价出售

洋芋还缩在泥土里
像一串旧话　比邻的豌豆
与胡豆　却提前进入
集市中　它们走惯了
雷与旭日催促的
山路

鹊声华丽。墓碑上的
人影与风同时醒来
还有什么必须
醒来？长吠的犬试图与云
达成某类浅红色呼应

米和鸡蛋：牛肉摊薄了
大片晨光——芫荽

正跨向黎明的第九个
拐弯处

让丝绸拥有黑土的价码
还是让刀具适应
打折的习俗？目前
糖即将成为激荡之醋
背倚木柜饮酒的人
捉住过甲虫
缤纷多年的天色

萎缩的灵魂　在等
一张倾斜的标签

灵魂的价格不会太高
它已适应了
与命运无关的
所有行情

辛丑岁重阳记

雨。请努力绕开这雨
还有可有可无的冷
困乏以及野菊反对过的
靠近冷雨前端的悬念

秋天是一种参照：你可能
变得更为易碎　或者
坚固　你可能与浩渺的
悲欢无关——九月
仍无法超越九月
你　可能正在成为九月
最早的遗忘者

而大河给了秋天三种慰藉
这么独立的秋天　为何
依然不愿给石头和鸟
一些疾风般的自由？
为何风也放弃了曾经
闪耀的自由？

秋天并不知晓到底存在
哪三种慰藉　是刀的慰藉
还是火与旌旗的慰藉？
遗忘　算不算
一种慰藉？

迁徙的鸟宁愿从河岸左侧
拾回波澜与黎明的慰藉
雨　如何绕开你和你
有限的道路？雨
显得灰暗　像你和
九月之间一次
较为深远的过渡

神和谁的骨头已立于
虚拟的山顶之上？

秋天需要在雨滴背面
适应多种略低于
灵魂的慰藉

关于四月

是值得忘却的。这样的四月
比随风滑落的叮嘱更为
粗糙　而花朵之后的果实
已演变成黄昏的纽扣

我注视一条河时　波涛
变得毫无意义　但河仍须
奔流　一枚卵石将水声
粘贴在天穹左侧

四月　路上挤满了告别的人
回归的人　匆匆流泪的人
向某种梦境投掷
篝火的人——四月需要
更为坚毅的告别

谁已适应了这
与道路无关的告别？

四月拍了拍门外的椿树
然后　为街头
闪耀的霓虹
增添了两种风向

春梦

"让叶子不只成为叶子。风
等来的第一只鸟　属于
梦境　而你曾逆风进入
谁锋利的梦境后侧？"

"叶子替换苍穹——
在呓语上雕琢命运的人
将自己嵌入上一轮夜色中
你　付出过梦境的
第四类划痕。"

"青铜的预言。花萼扭弯
蝴蝶的往事　谁已
不需要往事？谁即将
成为往事？"

"有人自铜镜中取出
各种鹅黄色水声
此刻　梦与帆的阴影再度
重合　梦让帆拥有了
更多潮汐……"

"叶子凌乱
你还会在风中遇到那个
出售呓语的人　他
永不衰老　他正不断重复
梦境最初的震惊！"

蜻蜓记

蜻蜓的翅翼上
有田野黛青的回声

晨光丈量的田野略窄于
夤夜之前　红蜻蜓
来自银河北侧
它　为田野添加过
星辰古老的讯息

蜻蜓的田野的确应当
大于我们的田野
风说出稻禾的第四种骨节
风　熟悉这种
支撑田野生长的骨节

而我和犬开始找寻另外的
风——承诺与歌的
田野静静转动　然后
是蛙与白鹭互赠的田野

旭日和母亲　分别
出现在　田野的
两个方位之上

田野如何让
七月与蜻蜓再次重复？

即将抽穗的稻禾
扑向母亲　这也是太阳
曾给予蜻蜓的
最初教育

有生之屯

卜筮的人隐在你的张望中
屯寨让天穹泛紫　让
练习回忆的孩子找到了
自己的往昔

墙与瓦：生存是一种预示
被掐算的手平铺在屋脊之上
孩子用二十一块石头圈养
大幅风声　他还将聆听什么？
黑犬　有比骨头更为
纯粹的目的

我可能会成为第二十二块石头
这些堆在风中的安慰
让歌谣般的孩子　重新
排列出晨曦

什么人可以成为步入
天路的人？风越来越大
什么人忽略过路
漫长的曲折？

而飞翔的人可能比缄默的
石头更为凝重　他们
凭一朵玫瑰的指引
返回到童话之侧

你身后的空旷
装卸过谁的祈愿？

老人转过街角　他
将重复某种鹅黄色隐秘

渔父

说好去打渔
却只唱了首干枯谣曲

呕哑。石头卡在风中
舟　朝黎明方向晃了晃
举篙的手　有些
陈旧

唱着唱着被谣曲忘了

鱼辨认石头深处的水势
石头即将变成
你仰面嘲讽的鱼

市廛混入过大量值得叫卖的
灵肉　王侯在文件上
走走停停　他们
有披挂鱼鳞的各种勇气

说好去打渔

这谣曲　为何逼出了
太阳的羞愧？

乡村记

这片急需改变的天色
呈颗粒状

树们记混了几代人的名字
——往东偏移的树
有可能仍停在父辈的
苦乐之间　野蜂
旋舞　它熟悉
树浅灰的所有侧影

我曾将陡峭的山势写成
大串错字　那些
惯于改错的手
为何渐渐消失在
黧黑的风里?

田埂蜿蜒。豌豆花
开在舅父张望的风中
秧苗正劝说
所有蛙声变绿

而那么多
山脊撑起的天色
已经泛绿

初秋

你确定
那就是既定的收获？

市街绕过玉米地
通向人群交错的命运
市街试图成为
最为细小的玉米粒

草与店铺：只有一种昼夜
可以标价出售
——神与鸦的昼夜
玉米背面的昼夜

喊虹的孩子不愿长大
他拖延了多种黄昏
他　想搬动
星辰放弃的誓词

他可能成为构建誓词的某个
偏旁——低声唠叨的偏旁
一如稻穗左侧退开的
少许山色

秋天给了虹与太阳
另一种信任

你　如何替代风一样
辽阔的收获?

荷

——读金铃子画记

水推开旭日　将灼人的
守望　交付给
那朵赤荷

三千种旭日铸就的荷
此刻是沉寂的　它
绕开激流　把一块方形
涛声挪向往昔

谁在改变荷的意愿?
浑浊的水　拥有四类旭日
荷的影子依旧泛红
一个隐身于荷的歌者
曾代替过荷诉说

荷　从风里
捻出一片绿云

旭日裂开　你必须
努力适应那猝然翻卷的
荷的风暴——

蝉鸣

这夏日不宜再有其他说法
黑雨捆缚的死亡
是一种说法
蝉鸣是更合适的说法

蝉。烈日是谁诅咒过的
艰辛？蝉抖抖翅翼
让你和其他人坚守的时辰
持续更换　时代痼疾

夏日是欲望之源么？
雨让多种阴影互为警示
如果阴影代替刀光
你就是刀刃上闪现的
太阳及其回音

蝉想了又想。而鸣声
犹为重要　你如果假装
不知晓年代深陷的无知性
你有可能会适应艳丽

夏日战胜过
太多说法

你从身形上剔除的远
让蝉作为安慰者　开始
修改箴言之前的启迪

蝉从镀金的外壳上
迅速褪下梦
及怀念

蝉曾制定各种说法。

正午的田野

田野上的劳作者
忘了打盹

稻禾正在抽穗
昨夜的雨将星光
换成水迹　这是比梦境
更值得苍翠的田野
稻禾　正在抽穗

劳作的人
有多重身影

她如何跨越弯曲的田埂?
哼唱野谣的人
记得她泛红的手势
他想留下
哪一种手势?

她也在轻声哼唱着
稻禾应和阳光　将田野
移上汗湿的衣襟
她　忘不了
这稻花闪烁的谣曲

她从谣曲深处扭过身来

田野陌生　但我认识
那些反复哼唱的人

石头

农历的石头并不想
再把自己搬到市街上

草与山势让石头的未来
变成一种责任　石头
飞翔　它的方向可能仍会
改变季节之外的
某种习俗

一个孩子记得石头的
诺言　石头有易碎的幸福
有让孩子挣脱诺言的痛
以及久远回声

石头如何替代火焰?
一块燃烧的石头
逐渐退开　成为构建
星空的最初文字

而我想向迷路的石头敬献
半爿风雨　想让石头从
霓虹尽头转过身来
重新进入稼穑托举的
村落之谜

石头为何又一次
忘记了　市街较为
华丽的厌倦?

向日葵

被浪费的光芒
此刻将堆积成雾

高原燃烧　八月向西侧
倾斜　一个苍老的人
仍有理由自称为
向日葵之子

而父亲难以简单苍老
这以栽种向日葵为荣的
歌者　懂得八月
陡峭的华丽

太阳浪费过
更多光芒　桑麻与鸟
印证谚语之纹
印证　太阳锻打过的梦
与各类花萼

向日葵朝黄昏退去

太阳的路途依旧迢遥
向日葵如何成为
路碑上泛红的安慰?

父亲说出
多年以前的光芒

宿命之雾浮现
那些启示录般的向日葵
再次让承诺延续

立秋

蚂蚱开始聚集。“我们不能
浪费这偌大广场。黎明
可能是有偿的　草一样的
黎明　留下巨型暗影
我们不能轻易改变
风古老的遗忘。”

稻粒向西侧摆动
蚂蚱腾跃的方式值得
骄傲……“你去年修改的露水
可以重新出现　广场
经得起反复虚构　但露水
已经堆砌出另外的广场
你去年忍受的伤害
依旧灿烂——”

蚂蚱选择的道路变得陡峭
从向日葵顶部到
焦裂之土　蚂蚱放弃了
用翅膀丈量风声的
努力

“你曾交付给我们太多广场
但它们业已消失
业已退出与其他广场的竞争
一座羞愧的广场迅速
坍塌　将预言扔进天穹的孩子
不知该怎样恸哭 。”

蚂蚱带来的秋天异常
锋利。“你认识那些为广场
印制苦难的人么？他们
逐渐衰老　他们衰老得像一堆
吱嘎作响的卷尺。”

如果蚂蚱歌唱——“它们早就
习惯歌唱了　它们只能
歌唱……”广场辽阔　而你
只能隶属于这庄严
激越的歌唱

冰人

我们也谈论太阳的事业

适当谈论。断断续续谈论
一轮霉变的太阳依旧是
太阳　值得诅咒的
太阳啊光芒五丈

我们挤在铁质台阶上
有风　卷裹兵器与粪土的味道
而太阳比我们略为高尚
它出现了一个缺口
然后　又出现了一个缺口

我们被一些多汗的手捧着
还是被太阳捧着?
骨头无须破碎　骨头只需
顺灵魂的方向将自己
捻成　一抹水渍

黑色或白色的水渍。
朽腐的太阳与季候无关
你顶着锋利的太阳　你能否
躲开曾谨慎谈论的太阳?

我们正在成为
太阳放弃的事业

冬夜记

祭奠者顶着最为
尖利的雨

雨嘶喊。夜压在
数十年前碎裂过的命运上
这是必须用火冶炼的夜
这是比骨头更值得
烧灼的夜

火将自己攒成激愤与
救赎。松影潮湿　让树
颤动的风割开雨声
灰黑的天穹已无法松开
风难以遮掩的悲楚

一朵被深藏的火
逼出了　更多火焰

山势卷过刻骨的家园
这么多人静默着
这火与冷雨的家园为何
也只能静默？

火开始变黑

祭奠者再次背对
所有燃烧之雨

听风

偏北处　僵卧之石
猝然发出呓语
它想就此制作出一部分
灰色风声

而倦怠的风转向南面
然后在火的锋芒上
停留片刻　风让聆听者
忘记了火与警惕

谁听出了风的怯懦　焦虑
以及忘我之痛？风延误的秋天
开始出现　风为秋天
带来多重启示

风——被否定的骨头
即将成为呓语
它们　左右摇摆
或直接替代风的质询

一个聆听者如何
绕开风的厌倦？

稻谷与人

别设定稻谷与人的距离

稻　自太阳内部出现
但你不能忽略
之前的那些雨声
稻谷之芒　也浸透过大量
浅蓝色的雨

我们与陌生人一起进入
稻谷时辰　我们
是稻的另一种身影
是稻磨砺已久的眷念

陌生人说出稻谷的多种
旧事　父亲的稻源自
汗与血无边的波涛

稻谷与人：没有一种距离
是既定的——无数
飞翔之稻组成灵肉颤抖的
拼图　田野逐渐空旷
谁必须记住稻与风
共同的甘苦？

有人，以稻粒纪年。

傍晚

山河出现在一种新的
刻度上　至少有一座山
需要被风重新界定

是的。是灰暗的风是曾经
寓言化的风　风还将
兼顾让山练习遗忘的河
风　经过史册
突然增加了某种
脂粉味

河想重复树倾斜多年的
沉默　但它无法如愿
树首先让密集的根
缓缓沉入黑色

我将与谁一起错过赤霞?
是神话深处的暗影
还是野火？无边的风
终于超越了一己的爱憎

总有一些星辰会
提前出现　祖母的
星辰挨着兄弟的星辰
然后你将在偏北处看见
鸟和祖父的星辰

一座山将魂灵浸在波澜中
它　想抵达大河
漫长的痛处

落日

如何将疲倦转化为厌倦？
落日不涉及这一课题
落日　只对自己
无边的红负责

风声与酒：十种人影
堵住过太阳盘旋的通道
你终于知道了吧——
就这样　太阳
被变成唯一的落日

落日也不负责你草率的
幸福　其实也无所谓幸福
一个将歧路当作诺言的人
说出落日的羞愧

但你有无法闪避的厌倦
从疲惫转化而成的梦
也无法代替这厌倦
——你有修缮落日时偶尔
泛起的各种厌倦

一个人从落日边缘走过
她变得袅娜　变得
像三十多年前的落日

肩胛后的风
逐渐旧了

她该怎样向落日索要
光芒消失前的
那阵回声？

大寒

诺言被冻结在空中
敲打诺言的风
也被一遍又一遍冻结

谁的诺言？谁不断
放弃的诺言？鹰隼聚集的
黎明像一场祭奠　风
碎落　带着太阳锈蚀的
所有往昔

带着太阳不朽的未来。风
预言者比梦境活得更为艰难
他　举着被冻结的身影
举着一小块
不懈摇晃的警觉

诺言里有多少耻辱的太阳？

——雪忘记的耻辱
被风掀开

一个坚持诵唱的人
背靠巨大的风声　他正在
苍老　他已从灵肉的废墟中
清理出诺言闪烁的症结

玉米之晨

母亲给过玉米太多黎明
——这个黎明　玉米
随母亲来到屋檐下

玉米在赶着初秋
设定的路　母亲那么忙碌
母亲与玉米共同界定了
种种土木家园

我也在赶路我落在了
玉米身后　这么多玉米
曾爱过那么遥远的
母亲　曾爱过
母亲坚硬的斥责

我无法说出玉米的分量
母亲的汗水照耀
黎明　玉米仍在修订
太阳的嘱托

玉米的光芒如何延续？

黎明被重复着
母亲的背影
让太阳成为比未来
多出三种汗渍的
玉米

河

浑浊无需理由　你只需要
接受这浑浊——

由绿转红的浑浊。遗忘是一种
传统　遗忘无需堤岸
可以界定的遗忘
常常是有罪的

被淹没还是被摈弃？河
再度将史册冲毁　那些寻找
旌幡的人成为史册夹缝中
一道铁质的闪电

河，搁置了一些波光……

无需额外流淌的河
正引导着　所有不属于
史册的风雨

别急于修改河的浑浊。

第三辑

春天以来

辞旧的人

在风里　你可能很难
真正成为一个辞旧的人

你可以试着站在雨滴之上
或者雪的光芒之上——
一千种山势　遮掩
最卑微的苦难　你是否
配得上这份苦难？你
曾把苦难　掰成了
多少种方向？

从旭日与雪开始的
日子　亵渎过多少伤恸?
你曾是伤恸的一部分
而此刻　伤恸是无效的
那些飘散的灵肉已让
花束与爱反复变黑

风势盛大　被风忽略的人
走在雨的罅隙中　他
即将代替　大雪永恒的
战栗——

你　为何
必须成为最后一个
辞旧的人?

果实

不只需要细数枝头的果实

日暮。春天是一次提示
但可以被无限度重复
或许　不是每一种果实
都必须　铭记春天

想为风雨作证的枝条
呈不上更好的证词。果实
瘦小　酸涩　布满虫洞
以及散乱的天光——
或许有一粒果实是难以
辩驳的　总有一些
果实　成为奇迹

而风雨不会结束
果实左侧　是太阳的
另一次等待　果实
是属于风雨的　黄昏的
果实　也是黎明
与雾的果实……

春天以来

这段历史很短　很突兀
春天发霉以来你是否已找到了
它发霉的最初缘由
以及必然性？

如果将晨昏数据化
雨与风的霉变仍将不可估量
花　倏然长出反向之瓣
花朵堵塞的黎明
总消失得过于迅疾

而花瓣只是某种说法
诅咒者不断分发各种颂辞
他　站在花影构建的宫殿中
鼓掌　眨眼　挥手
胸中哽着黄昏的所有倒影

春天发霉以来大家都
必须幸福　用金箔纸剪裁的
幸福　是比较得体的　风一吹
幸福就程序般缓缓晃动

你想立足盛夏还是
深冬？春天是某种起点
几绺发霉的梦境被张挂在
史册上　而史册因记录霉变
已隶属于更新的霉变

你属于各类发霉的持久
预期以及重要性

象形

太阳在模仿你的脸色——

去年的笑还留在
风中　而太阳可能是
属于未来的　太阳
在模仿你焦灼的追忆

谁为脸上的斑痕镶嵌云霓?
太阳苍老　在你的
面具上　太阳可能仍将
延续酒与大风的习俗

太阳在模仿你的遗忘……

追逐山河的太阳想找出
火或草木的影子
这是它祝福的一部分
它想复述一只鸟
虚构的黎明

太阳在模仿你无效的沉默。

日常性遗忘

一个健忘者需要对晨昏
进行新的测算

日月之间　悲与欢
都可能是相对的
太阳避开了弦月之影
那些将自己埋进灰烬的星辰
放弃过多少怀想的勇气

而遗忘是一种力量
晨昏　被反复更换着
在黎明消失前　你仍隶属于
值得遗忘的大地

你会遇见那个一次次将
祖先名字写错的人
他披挂鸟影　高举
暗云之旗　他骄傲得
像一串染色的爆竹

也许爆竹就是最早的
健忘者　它只记住了一种
声响　一种以粪土
替换神祇的声响

那向神索要回音的人
卡在泛红的字缝中
他将见证　遗忘有可能
还原的各种症结——

山

山在雾里　显得沉默一些

山们已经为雾腾出足够多的空隙了
雾　是山的梦境　雾
飘动　让山忆起自己的步履

如果把雾当作历史　山
就只能成为　永久的孩童
山们不敢随意长大　雾的苍老
与山势无关　雾将群山
推到了历史之前

山想收存一些淡雾　想将雾
深藏在自己的苦乐中　想分一些苦乐
给雾的灵魂　雾还能接受什么?
山站在雾的背面　却承担着
雾正面的疾痛

山　可能会成为曲线型的雾
它们卷过八月　让历经雾岚的季候
找到了自己艰辛的往昔

赞美

在盛夏还不懂得赞美
便是一种苟活

绿色之路缀满天穹
你已经属于无数果实了
而枝头　还有一粒
比你更为劳累的果实

或许赞美也是一份感激
路与果实带来不变的祝愿
一个赞美者　如何
习惯那些修缮远方的
奇迹?

你曾将哪一种赞美
刻在闪电上？一个躲避
赞美的人握着神分发的吉祥
他有过多少祈盼？一个
让赞美成为诺言的人
必须回应　果实见证的
漫漫天色——

看　被盛夏延展的赞美
已更换完花萼
卷曲之谜

风

那些删改习俗的人
设定了　另外的风向

稻草的风向
略低于虫豸的风向
神与旌旗是否仍需要某种
风向？神有些脆弱
而旌旗　正逐一抖落
遍体霜色——

风想向苍茫索要早期的骨头
那时　风还是绯红色的
风　代表着大量
呼啸的目的

而架在火势上的文件
是一种综合性风向
一些风由陈腐的言辞构成
它们吹拂　时代有
璀璨的倒影

还有多少习俗值得修订？

大地让风声变得沉重
大地让既定之风
环绕不息

火车上

一部分山河正在被忽略

小寐的人　梦见大象与雨
而雨已经到来　雨
敲打车窗　让大片模糊的时辰
自梦境边缘滑过

有人解下口罩　露一角
绯红面目　所有的警示都是
严肃的　他再迅速戴好
口罩　将含混的方言
塞进时断时续的
手机信号里

转过山脚　雨倏然消失
太阳像一幅假设的
慰藉　攥紧整部苍空
我　认识这太阳
就像身侧嚷叫的孩子
认识他唯一的父亲

一个乘务员迎面而来
我猜她正是刚在广播中
播报餐食品种的人
她点点头　将我引向
餐车合理的位置

旅途让陌生成为幸福——

一部分山河迅速回到
列车轰隆隆的
侧影中　报缝里的大象
该怎样梦见那些
咖喱状的急雨？

井

井开始衰老时　你听得见
井水咳嗽的声音

祖父掘的井　由十三块石头
嵌成　这些石头　甚至
也成了泉水的一部分

蛙在井水中找寻自己的天穹
蜻蜓　留了些翅膀
在水声中　那年
我喊痛的兄弟
曾坐在井沿上一遍遍哭泣

井向泥层深处陷进去……

我们甚至已不需要
自泉眼中涌出的安慰了

井的道路缓缓消失
我们　麻木得放弃了幸福
放弃着深夜从井底升起的
那一阵阵蓝色回声

小药店

小药店能医治最华美的暗疾
你的皮外伤　已无需
短须郎中默然的指点

——它对时代构不成真正的痛处
即使是玫瑰般绽放的伤势
也可以忽略　但你的疼痛
是正确的　它必须与时代
息息　相关——

小药店中进出的人仿佛浮华的
各种秘密　你让谁清理
时代之痛？药柜里
躺着业已封冻的药方
——我们在剧痛里活着
我们在剧痛里　消失

而小药店会长久存在
作为一种骄傲　作为各种病症的
见证与收藏者　小药店
会成为一座燃烧的宝库
它的阴影让时代延续……

河

陌生人拥有另外的河流

他好像总在无视这
浑浊的水光
河的念头藏在鸟的眺望中
河为谁曲折？为何
将太阳一遍遍推向往昔？

他卡在众多影子深处
河拐向初夏　让整个天穹
成为传说　他想揭开
梦境　重新进入
被泥渍封盖的史册

河可以被无限度复制
可以延长部分疼痛
可以将誓言夯入淤泥中
可以将星光揉制成
新的淤泥

陌生人改变了河的流向
他将河搁在花萼之上
他想为黄昏　预留
一小段沉默的波涛

河有可能代替大风追忆。

银色之马

银色之马
选择在夏天启程

我是路的第一责任者
是风对远方不倦的
回应——

马成为梦的零件之一
马已学会在自己的
足迹上　描画
传说之影

谁将守候另外的奇遇?
正式的路途
总在向前延伸

银色之马
是我们超越时光的
第五种可能

芒种

你遇到了第五个在地头
种植镍币的人
他拍打黎明　想腾出
忙碌的手　加种
一枚齿轮状星星

另外的人似乎在计划
种植纸币　但纸币
太软　发芽的可能性被
大打折扣　那些
以纸币划分的欲望
又为谁　增添了无数
酡红色阴影?

据说风化的祖先在诺言里
种植过银元及尖叫的
金锭　他们掌管的繁华
比盐与血渍沉重
（铜钱是什么时候被
诅咒和忽略的？）
当金锭压碎的纯银之光
开始生锈　一双迟疑的手
扼痛　风与震惊

而你必须成为第一个
在风里种植
镍币的人——

淹没

——辛丑中原水灾祭

你确定祖宗就这样被淹没了？
还有未来　一个孩子
磕破了头皮也不敢哭出声来的未来？

你确定所有家园都是虚拟的
或者虚弱的？可以被搁在大火里
压进磐石中　而此刻
家园被一滴硕大的雨
挪来挪去

你确定母亲不再需要哭泣？而父亲
已经嘶嚎过了　父亲掏光
胸腔中最后一点痛
他想将自己挂在无边雨幕上
像一场镶嵌着悲愤的祭献

你确定大地已忘记了什么是苦难？
只有这样的大地是生长苦难的——
只有这样艰难地活在大地上的人

才有理由在淤泥的封堵下
反复死去？

你确定颂歌依旧是必须
接受的安慰？哈达和
雨：相隔咫尺的美被打磨成
巨浪　铲车中呐喊的老人
愿意在攥碎的雨声中
一遍遍清除自己

你确定属于我们的只有淹没？

——是的　只有淹没
只能淹没只会淹没
这悬空了千载的血与泪
只能砸在我们卑贱的灵肉上
是的　只能被淹没

你确定这淹没永无止息？

关于月晕

所有光芒都可以虚拟化
夏日催促的路缠在
月轮上　所有的光芒
都能绕成让凝望
停滞的绳索

我身侧望月的人猜测着
异于史册的气象
他捻动手指　设定了
月亮试图更改的
腾跃方式

或许天穹还预留着
更多月亮　浮荡的月晕
被复制成怀念
另外的月亮正越过
一个孩子的尖叫

月晕旋转　他们
对我说着什么

月晕由黄转绿
身侧的人正从肋骨上
取下半片赤色月影

草鞋记

他　仍在街角摆上
十二双草鞋

唯一的草鞋摊位
多年来已很难再找到顾客
此刻　一个孩子低头问
这是什么?

他在详细回答。打草鞋的
手艺　源自草还是道路?
孩子的疑问越发多样
孩子甚至将脚
放进宽大的草鞋里
试了一试

这不是以前摆放过的
那些草鞋　每隔一段时间
他就会换上新打的草鞋
旧鞋堆在老屋中
有的　已长出了绿草

孩子想从草鞋上找到
谁的旅途？阳光
在鞋上　沙沙晃动

孩子让父亲给他
买了一双草鞋

在酒之上

酒意与诺言无关
与女人粉红的孤独无关

她在身影上掏出两种
杯子　她确定了
沉醉的方向

你起伏的欲望
可能限制过酒的遐想

她被一盏酒
说成传说

而诺言布满褶皱
诺言为何
又变得无辜?

酒滴之上
是醉吟者寄放的回声

酒略低于她的誓词

大海

一张废弃的纸可以安放
几座大海?

三座大海。

黄色大海拼贴龙多余的骨头
而龙也可能是多余的
龙占据的传说变得易碎
你　是碎片之一

灰黑之海由颂歌构成
谁是传唱者？谁华丽的灵魂
充满回音？海转向
深蓝　或许已只有颂辞能
删改我们固守的潮汐

绿色大海逐渐变成某种
陌生的隐喻　海是更多比喻的
缔造者　海与鱼鳞背面的
时辰　隔着四种以上
比喻的距离

——也可能是三重大海。

底层由神的躯壳沉积而成
顶层是云与雷霆的惊惧
是从坟墓中探出头颅的疾风
是梦境不变的分寸

而你在夹缝中　与我
劈面相对　只有你
能将我们古老的倒影
悬挂成　废纸般
吱呀呀作响的旗帜……

惊蛰

总有惊雷喊不醒的土地
那一片　这一小片
——虫声始终板结着
这样的土地　放弃了值得
延伸的各种根须

土地是在歉疚还是为了
麻木？种子已经石化
或者已经成为腐殖质梦境
枯焦的草让所有
旗帜虚弱　让彤红的
雷霆　猝然炸裂

总有被惊雷忽略的土地
这一片　那一小片
——多少生长的欲望被
纳入诅咒与遗忘
沉睡的风　依旧只能
嵌于闪电错杂的骨节中
一片　漆黑……

总有一些雷声无法
正视这片
守望不息的土地

大风吹

把那座山交给风吧
它并不愿意成为旗帜　就让它
成为刀刃　锤子　或者一枚
沉默的子弹的外壳

把那堆锈蚀的翅膀交给风吧
它们忘记了飞翔　就让它们
在生与死的路径上碰撞　并燃起
褐色篝火

把那块碑石交给风吧
它扔光了英雄的名字　它剥蚀着
历史被讪笑涂改　碑石坚硬
但已成为难以躲闪的羞愧

把那面疼痛的旗帜交给风吧
它只是灵魂上褪下的一道鞭影
它早已衰老　早已
背弃了　幸福的质疑——

远处之雨

雨说出灾难！那么多人
奔走在雨中　山峦开始错位
呼救者　将身影
塞进了那滴硕大之雨

神也学会了哭泣　神
是雨的骨头　是
雨松弛的往昔

我们都曾是呼救的人
大地　动荡
我们　学会了用
雨
和草的
方式呼吸

谁还记得石刻的那些月色?

一个孩子
抠出大地的梦境

在风中
孩子也是一种雨声
她正横越神辽阔的惊悸

盛夏记

盛夏是多项判断题
你对出现的三种花朵打勾
对第五类果实　划叉

这是些与虫灾有关的果实
青涩　但仍在顺着风的
方向生长　果实认识的虫子
慢慢变得彤红　像课本上
布满折痕的小片旌旗

而大量花朵已经脱离果实
它们是某种未完成时态
是孩子向鸟影踮脚前
踩响的黑色泥泞

那被寄放于花果之间的
是四种散乱的晨昏
——旭日为何总低于花事？
而暮色在果核中
已整理出大量悲喜

此刻　盛夏举着几粒
灰色星辰　闯过
群山的缝隙　我身侧的
山梨　又轻轻
晃动了一下

哪些花朵　即将成为
星空庄严的影子？

相对论

相对于骰子　星空
有可能是多余的
微黄的星　依次排开
却总无法验证我们
难以闪避的命运

骰子上预留的指纹似乎
仍将划动某种油腻的
征兆　谁是征兆的质疑者?
星空覆盖往事
一些预言　有可能
代替过多种往事

虫穴与雨：铁铸的文件
还挂在高处　虫创造了这些
文件　而雨属于
另外的文件

我并不想惊扰这些文件
套红的夏日　拓印过
骰子上僵冷的文件

如何让星辰与文件
从一阵哄笑里
挣出身来?

骰子突然飞向苍空
它　想打碎
埋在云朵深处的
蛛网相对论

玉蝉

玉本身包含了多种回声
玉从山野携来的天色
被叠成花的形状　玉缩进
第一轮曙光中　它
抖动翅膀　成为一只
迎风飞舞的蝉

白色的玉被回声擦拭得
微微泛黑　青枫承受的蝉鸣
此刻更为密集　什么时候
一只蝉　已代表了
所有的蝉?

有人在玉的内侧镂刻
多种风向　风
向玉赊借过无数翅膀

低翔的玉　重新歇上枝头
它在枝上为太阳预留了
一个偏北的位置

玉的鸣声变得错落
祖父叮嘱过蝉一些什么?
玉的碎屑　就是夏日
苍绿的习俗

琢玉者想向玉要回一些
回声　玉的右翅
渐次转蓝　谁虚构的
蝉　即将战胜
我们不懈的回望?

玉的回声开始卷曲……

意义

你正抵达一些较好的山脉
不一味陡峭　有着某些风的
弯曲度　如果在山脊
嵌一个村落　太阳就会
随绿鸟降临——

风俗源自水井还是荒土?
豇豆与草的呓语。火。你指出过
风雨怎样的荒谬?但它并不
超过你的荒谬　草从风中
扛回大捆打结的山色

虫豸在雨滴里画一个
深灰色集市　交易者醒着
他们熟悉各种灵魂
搭建的道路

而星盏与骨头已交换完了
所有梦境——山势青翠
你将进入　群山试图
进入的往昔……

湖

深冬。你是否仍需要
那座比风声更为
狭窄的湖?

船影被压进冰块中
舷上　并没有更多山色

波澜只能成为星盏的骨头么?

有人返回水滴内部
他想取回　一小片黄昏
他想让船的回声
更为紧迫

而你并不出现。岸
封存了你最初的影子

湖
像一把
荒芜的火焰——

杂感

时间留下了太多证据　从蝴蝶的
骸骨　到纪念碑的阴影
你挑选的时间　也放弃着你

是的　蝴蝶必须留下骸骨
它的飞翔异常重要　但并不涉及
时间秘史　所有的时间都只是
一种时间：死亡与痛的时间
所有飞翔都只是一种飞翔
死与爱的飞翔

蝴蝶将如何成为纪念碑？或者
该如何替代纪念碑？蝴蝶从梦境中
飞来　它并不想记住什么
但时间记住了一切：所有的铭记
都是同一种铭记：对遗忘与
爱欲的铭记　所有梦境
都在成为同一种失去

谁诵读纪念碑上斑驳的文字？
用风的语调读　用蛇信与乌鸦的
守候读——让蝴蝶成为倾听者
站在我们中间——这峨冠的倾听者
让诵读的昼夜一次次弯曲

我们比其他倾听者重要？不。
已没有了其他倾听者　鸦的尽头
是一望无际的夜　你寻找火焰
而火焰　已成为诺言上
灰黑的伤势

蝴蝶重复着时间的痛处
蝴蝶的骸骨仍在飞翔　这些
让时间颤抖的呐喊　即将成为石头
它们飞翔　绕着纪念碑和它
放弃的旗帜

时间需要更多的证据——

那海

夜色可以更深。昏暗的月亮
一再升起　它还将
失去什么？

我目睹礁石在潮水间奔走
它们　有瘦硬的怀念
所有沉没的船又说起了摇晃的
道路　桨在月色中划动
这衰老的桨　是海
沸腾过的旧事

裸露的痛可以重新构筑一片
起皱的星空　这大海之影
可以嵌入更深的灵魂中
而月亮即将消失　灵魂坚守的
爱　正在消失——

(我想用一部分史册
代替海的回声)

而海一遍遍复活　它是时间的
利刃　是花朵抛弃过的唯一信念
是灰色鸟翻越疾风的隐衷

每一片波涛都将成为
纪念碑

一个黝黑的人
在潮汐之外　诵念大幅经卷
他移动了海古老的沉默

星辰跃起。

冬至

沉睡者覆盖着
这最为广阔的黎明——

山河在一叠纸上
冷着　当夜雪随神的
骨殖皴裂　山河
只能一遍遍　冷着

沉睡者岂能辜负这
艰险之冷？他们在梦境中
争抢欲望　他们
不只是　雪与风声
早期的痛处

让我顺一条河
抵达太阳的呓语　此刻
太阳仍被捆缚于风中
太阳尖锐的诉说
依旧漫长

请在最远的山势上
反复申领　太阳分发的
那场大雪……

雾中的河流

河找到了隐匿未来的理由
熟悉的河　将一种叮嘱弃置在
漫长的雾中　它的流淌
漫无边际

河让来源与去向成为一种猜测　河
是谜底的持有者　但河与真正的谜底
无关　时代也可能是某种谜底
你来自远方　却常常缺少
河一样坚韧的曲折

雾成为另外的河流
它源自一阵失效的风　源自
雨的遗忘　以及整个国度难以掩饰的
痛　雾藏起过悲恸与挚爱
却藏不起河奔涌的苦难
藏不起河陈旧的幸福

河是值得反复遗忘的。大雾
崎岖　雾是被河诅咒并期待过
千百遍的预言　雾让道路消失
而河是最后的道路　河让蜷曲的灵魂
重新找到了归宿——

第四辑

山间随想

群山与琴

群山进入某种松散性。风
被逐渐音符化　一个将琴带到
黄昏的女人变得赤裸
变得像上个黄昏的女人

山势小于女人泛红的起伏
一座山　想躲开另外的山峦
守住一己的痛及羞愧

那只闲置的蝶往返于风声间
它想认出女人陌生的翅膀
想界定风追缅的可能

琴弦依旧冰凉。群山以
轰鸣印证秋天之远
但仍有一些山沉默着
它们属于琴弦扼守的隐衷
属于女人最初的忧郁

别让黄昏只成为
一种过渡。女人与琴——
群山的回响　源自眺望
别让黄昏偏向往昔

一个放弃吟唱的人决定着
风雨的层次　琴
即将石化　即将随群山
退回到星空底部

——弦月升起
比梦境狭长的女人
成为贯穿群山宿命的旋律

奔涌

一条消失的河即将重现

它让大地学会了忍耐——
被弃置的河　比毛羽更易于
迷失　但它必将在
大地金色的轰鸣中重现

谁是波澜的设计者?
波澜被风俗化　谁再次从
卵石的角度进入遗忘?
——桨声　绕开了
又一种年代

河的履历也需要设计

然后是岸及渡口的履历
渔歌与船的履历
一个为大河刻镂灵魂的人
需要回到漩涡诵唱
不息的履历

日月如何让彼此相向的
奔涌　变得严肃?

风举起
泛红的帆影——
那块坚持燃烧的石头
已在多年前预告了
河的重现

眺望

想将那列山系重新
移到风声前面

黎明刚更换完往事
像一个祝福者　黎明
整顿襟袍　为旭日辟出
浩浩流苏之路

各种站牌接纳的光芒
也可能闪耀在别处　由此
及彼　所有路口都将
通往璀璨而相似的目的

一个眺望者如何
习惯骄傲？远方已经
醒来　而远方
必须醒来！

那些熟悉的山
又一次布置出环绕
命运的美与善意

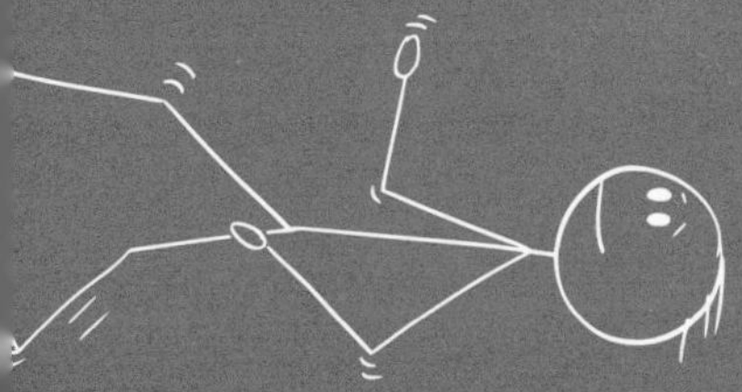

转徙之间

——致沈苇

是从蚂蚁到丝绸还是从
沙砾转向陶？灵魂的地理学
拥有多重位置感　唯酒盅
不变　唯杯沿滑动的
历历山川　不想
随意改变——

的确需要说到沙砾的事
西北由沙砾砌筑　而你将风
撇在沙派发的各色语种之后
你曾背倚一堆篝火歌唱
让粗粝之沙升上
微醺的星空　升上
独语者独自把持的所有承诺

驾驭天山的神面目模糊
但他愿意重新退回到
冰冻的湖光中 神在重复
蚂蚁与陶的道路

北风被丝绸覆盖。你只
抵达你的起点 让神去质疑
让神以神的方式去终结

一如此刻 我们在一座桥上
重逢 西北方向仍悬着
那片有雾的苍空
水向南流 水绕开巨石
在自己的路途上留下
一道略大于时间的痕迹

临近黄昏

雷声滚过河道　水
仍是热的　穿透玻璃的
水光　有些浑浊
像一部分信仰

玻璃也在颤动　雷声
延续成风的某个横截面
你指认的山河偏向
大风后侧　你想将雷声
烙上旧书的第五页

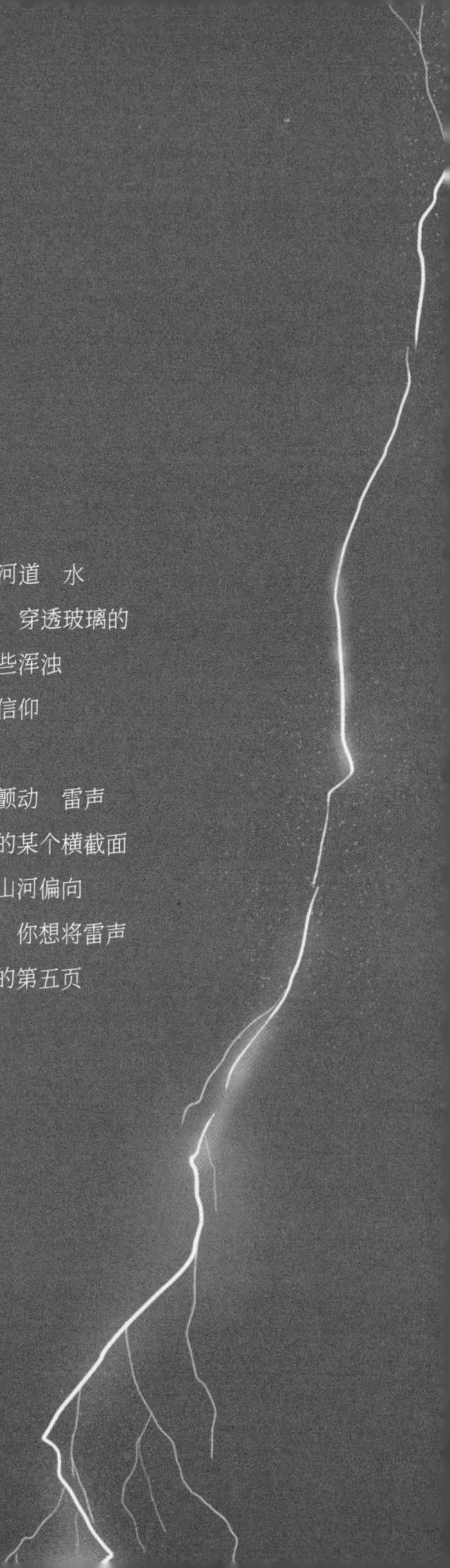

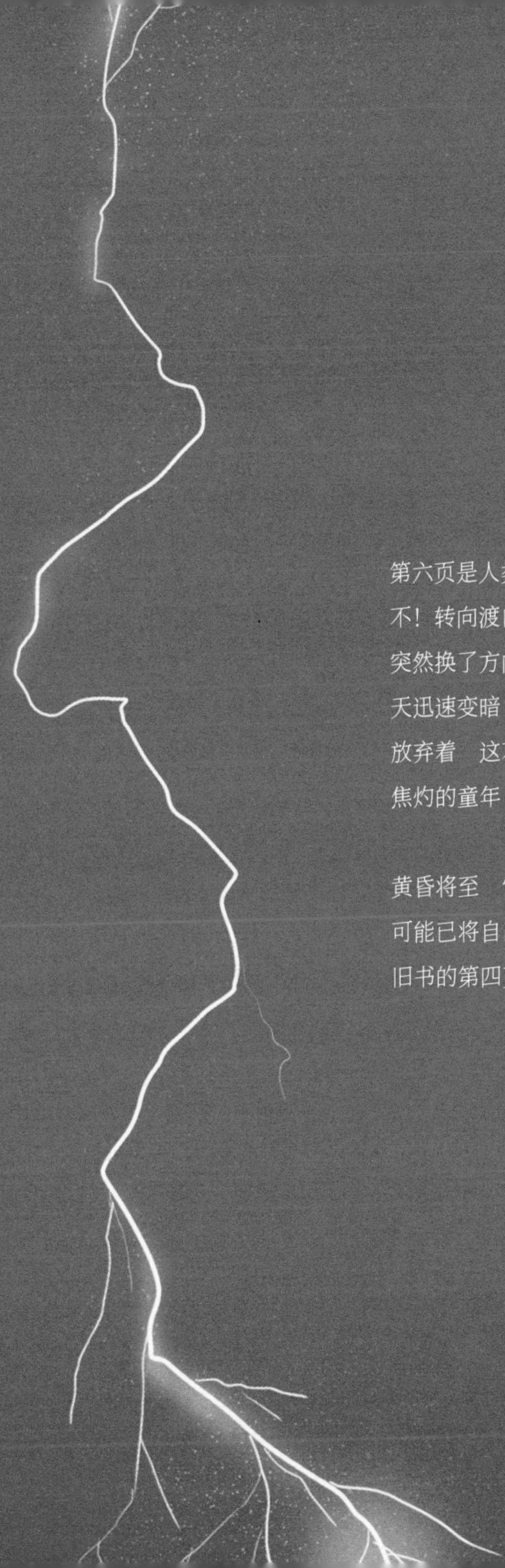

第六页是人类的童年？
不！转向渡口的云
突然换了方向
天迅速变暗　人类
放弃着　这不断
焦灼的童年

黄昏将至　雷声
可能已将自己挪到了
旧书的第四页……

草

比草更了解上苍的
是九月迅速枯黄的草

放弃一部分风声
并将预留的空旷又向风
推近了寸许

一些紧攥绿意的草
是这个季节摇晃的信念
它们　让大地
成为某种过渡性安慰

远眺天空的人想对父亲
说出什么？草
是一种默许　大宇苍茫
草　承载着风与暗云
起皱的愿望

风让草的路途成为疑问

飞翔的草　改变了
秋天偏北的习惯

酒镇

那个用酒瓶砌墙的人
成为酒的某种侧影

须髯间　张挂
翠绿星空——那人住在
三种瓶装的风声里
他将散乱星光订正为
酒微黄的回声

这堵墙也可以延伸出多种
夜色　那人说透过
神的痛处　大嗓门嚷了
又嚷——酒滴中的神
有些羞愧

一堵御风之墙：千百种
酒瓶嗡嗡嗡直响
那人　将一枚弯月
悬向颠倒的醉意西侧

秋天的马

沿霜疾行三个时辰
马总算追上了山河间
闲置多年的秋天

马熟悉霜与风的来历
马刻在风声中的痛
依旧严肃　马
是风延续过多次的遗忘

而今年的秋天显得
有些迟疑　霜
让道路绕开眺望
直接进入落叶背面
翻卷的奇遇

马比九月更习惯于
向往昔靠近

马忆起了野菊从风中
抱回的第四轮
红色落日

谜

谁有可能谜一样活着?
继续活着——

是的。活着是一种可能
谜也将再度成为
一种可能性

鸟在风中
与你的身影交换
第三类谜底

而石头活得更为艰难
比火和潮水驱赶的欲望
艰难……

谜：旗杆下聚集起大量
诅咒者　他们
试图代替旗帜的意义

朝哪一种方向活着？鸟
开始向石头内部的暗
转变。鸟不鸣叫
鸟　属于石头
既定的伤势

那个将一小片夜空
塞进街角的人
让谜语生锈——

活着，战胜遗忘。

田野上

女儿和稻
决定着田野的时辰

犬与山峦显得有些多余
认识女儿的山
将一部分影子印在
稻禾上

蝶舞。犬从蝶的侧翼跑过
一条犬追逐另外的犬
它们的吠叫
让稻香　弯曲

我在什么时候重新成为
稻粒般艰难的歌者？
我走在女儿后面
我　想辨认田野为稻
预留的所有渴望

这个黎明还将往东面
恒久延展　绿蝶飞
女儿站在稻禾与风声间
稻承续的血脉
能否　再次订正田野
不断重复的往昔？

鸦

你　如何遇见那个
豢养乌鸦的人?

他衰老得像一块春天的石头
他的坚硬可以忽略不计
他认识鸦藏匿过的
各类影子

总有三只鸦围着他旋舞
这熟知神的症状的人
从风中　掰下大片
绯红的质疑

鸦从一种风声平移到
另一种风声　鸦还能叙说
什么?一只鸦落在
养鸦人肩头
它　改变过无数
辛辣的天色

而他想回头找那只
陌生之鸦　这带着夙愿
匆匆前来的启蒙者
为何总是沉默？为何
总会习惯于沉默？

群鸦将高原搬至雨滴背面
它们　有黧黑的艰辛
有更换神祇的勇气

豢养乌鸦的人
将一只变哑的鸦
交到你手上

他将在下个黎明
与你合二为一

黎明

雾正在成为某种新势力
由蓝转灰　这最易风化的雾
让黎明的路径
变得杂乱

拓印梦境的人是最终的
失败者　他忘记了
梦境的底色　他
已不再修饰梦的底线

那么多失效的黎明
仍悬于疾风之上
一只返程的鸟　迅速
凿开雾深黑的习惯

街衢与土——你熟识的人
匆匆走过　雾承受着
比黎明更为漫长的
梦和厌倦……

雾苍老。

我可能会再次绕开
你的征途　我是
雾的启蒙者　我为雾
预留了触及灵肉的
多种璀璨

父亲

黄昏和晨光都属于父亲
而父亲首先属于
黎明奉献的最早祝福

父亲的衰老是有理由的
当铜铸的夕照
漫过血脉　父亲
已习惯了领受千百种
完善夕照的艰辛

每一个父亲都是时间之子
他们负重而行　他们
常常退到时间背后
让时间延续
最为壮阔的安慰

偶尔　父亲也被刻在
药片上　一个疼痛的父亲
是值得骄傲的
他　有沉默的未来
有比风雨更坚固的承诺

——只有父亲
能让黎明与暮色
互致倾诉

山间随想

你可以忽略更多山势

虬柏状的山与猴形山
相互搀挽　而孩子们喜欢
那些锯齿类群山
他们喜欢山摇晃时
发出的轻微响动

祖宗的碑铭在山脊之下
不断消失的坟墓
与山的哪种背影有关?
哭过笑着　孩子们
就喜欢上了这些
坍塌着的坟墓

稻与麦改变的山色
也是宿命和梦交换的山色
一双手　将山影凿刻成
百草之神　孩子

被无数锋利的草割伤
他们　必须为谣曲添加
一抹酡红的回声

山　被更多的手
移上纸页　这无名山系
悬着古老的雨及甘苦
祈愿之火点燃　你
认识那个正在复活的歌者么?
他　是山最为严苛
又怯懦的兄弟

他让山与其他山
成为神与父辈们合力
堆高的灰烬

日落时

他们背对太阳臆造的风暴
他们　彼此陌生
彼此打量迟缓的生涯

谁逼太阳上路？怎样
错过一个说假话的时辰？
怎样验证太阳衰老的经历？

灰色屋檐　罗列
风与土的艰辛　太阳
想换取更多传说
想躲开屋檐昏暗的祝愿

太阳将一条河染成
愤怒与爱的形状

谁虚拟了太阳滚落时
锋利的饥渴？太阳
是梦境的拓片　只有太阳
能带走全部承诺

天穹退开　在失去太阳前
我们终于坚持住了
彼此最为漫长的质疑

为何要远离大海

有很多蓝是值得被
浪费的　海鸥用盐将自己的
翅又腌制了一下
再将小半块飞翔的蓝
搁进风里——

别只捕捞风的筋骨
风把你的蓝转让给礁石
风　是船最早的
蓝色回音

划桨者正在老去
生计与鱼。如果给龙一片
颤抖的蓝色
你会遇见六十年前的
祖父　他饥饿得
像一团烈火

他饥饿成一整片蔚蓝

而风在海鸥牵挂的暮光中
转过身来　风打起
所有古老的帆影
风逐渐迅疾

有一些蓝显得
比较锋利

七夕

喜鹊退出银河系
抓紧退出　兀那神
急着换乌鸦了

银河干涸经年　而昨夜的
调水行动终获成功
兀那神　淌了两滴碧泪

第三滴泪可能关乎爱憎
耕者　成为牛骨摆件
而用口罩紧蒙哀怨的织布女
不断变成七彩之雾

这是多久远的典故了？
银河倒悬　隔开
仇恨与呼声　喜鹊
以搭建过的所有单拱桥

作证　兀那神
已经不再需要喜鹊

桥终归是无效的?
验证疑惑的神　让鸦群
迅速上路　它们
将重新测算神设定的
古老距离

鸦如何绕开那两位
相向而行的人?

兀那神
一座嘶吼的桥
逐渐泛黑

翻飞的喜鹊成为
银河系

在风中

蝉侧对
狗尾草世纪

西风在偏东的石堆里
编制回响——这是
数字化西风
它　为你保留着
某种二维码镂空的缄默

狗尾草可以构铸
哪几种阳光？蝉是
遗忘者　它只能遗忘
逐渐转凉的树影
无法遮掩蝉翼与山色

以风交换蝉鸣或者交换
狗尾草错过的

祖先　而风总在反对
这过于艰巨的交换

以风交换
即将变暗的蝉蜕

风塑造过多种神祇
此刻　神需要狗尾草做成的
所有支架
神　有坍塌的风险

风如何穿越
蝉及石砌的世纪?

云

给确定一种不确定性
风能推动的云
逐渐成为风的未来
—给云　一种
大于风的遗忘

请向无序的云致敬
灰云进入青云底侧的纹理
一个总能将赤云
揽入史册的人
被黑云的倒影湮没

他退还给白云的承诺依旧
有效。什么承诺?
风放弃过怎样
艰辛的承诺?

再没有比风更彻底的
遗忘者了　云绕开
灵肉　直接落在
风一般起伏的麻木上

给不确定性一种
云霓状安慰

风　带走了
让风
汹涌的云

旷野上

野蜂将旷野划分为
五种金色圈子
野蜂从两只变成一群
变成十二类太阳的
混合物——

但旷野依旧只呈现为
五种圈子
金色有些脱落
野蜂　越过大片
蜻蜓之翅

一个在巨石上凿刻谶语的人
踏上野蜂之路　他也
刻镂过菊花形太阳　他
为太阳开启
流苏般变幻的色泽

另外的太阳烙在
歌谣内部　野蜂飞舞
它们继续锻造
其他歌谣

旷野仍可能被寄存于
石头斑驳的錾痕中
你读错的黄昏
值得野蜂再度纠正

风遗忘了某一部分旷野

野蜂　将分担
星辰古老的战栗

山水禁忌

见山。似山与是山之间
可以设置两条界线
一条黑色一条
深红色

嚎叫的山已在多年前
遁迹　这些山
忍住了太过久远的
悲欢　它们视嚎叫为
入骨的禁忌

涉水。湮没者属于谁的
未来以及界线？
水有更多的界线
这些界线也可以重复红色
和那些纯黑色

比山势略高的水
有铁打的欲望　水曾
失败多少次？水叫醒过
山漫舞的骨头

有人正跨越其他界线

水在什么时候丢弃了
让山缄默的禁忌？

在九月

比较接近天空的是从水中
探出身的石头

古老的漩涡与它的哪种
安慰同向？石头硌痛的帆影
被重新布置成前倾的曙色
石头　突然感受到了
来自天空的力量

沉默是一种冒犯
而石头有理由选择沉默
并直接进入天穹之远

石头代替九月的 N 类遗忘
它将波澜弃置在
岸的正前方　它欠波澜
一次足够漫长的喘息

一个为九月整理光芒的人
掠响雾与传说　石头
顶开大雾　让河的时辰
变得简要而浩阔

那些花

花走失。在大雨中
花无法单独成为一个时代
花宁愿藏起自己的某些
痛以及欢欣

一滴雨可以隐匿千百种花朵
如果祖父重现　他泛黄的
饥渴是否依旧沉重?
雨和花朵想找到为饥渴
骄傲的祖父

而祖父认识你用火焰
构筑的这些花色：古老
多义。与太阳的隐衷接近
并给大地留下了
漫长的根须

你可能遇到过那一遍遍
为花朵命名的人　他将在
下一个时刻成为你
成为你骨节的第二部分

雨越下越大　谁
将一段梦境混入雨声中?
他已适应了花的遗忘
他正绕开雨的壁垒

为什么　花必须
继续走失?

秋分

昼与夜长度相同体积也
呈现略等于态势

黑可以等于白?
这命运与腿的交换似乎等量
但不一定等值

父亲的稻谷金黄
铺在即将被月晕取代的
阳光中　而母亲已
试图忘记稻谷

灵魂与火如何同时越过
梦境界线?

牛在渐变的山色上
找寻苕藤与霓虹
牛角沾满露水　枯裂的
霓虹里　晃动牛
多年前的影子

秋天开始真正世俗化

一个为霜修缮光芒的人
取下时辰的各种零件

他必须容忍神的某些齿轮
滞留在风与雨平分的
爱憎深处……

河床上

三只羊和两条狗让河床
逐渐倾斜

日头是一句旧话
在东边搁半个时辰然后
转向西部　杂草
离羊绵长的鸣叫更近

水　按石头的指令
分岔　这绺水
以及另一绺水平分了
各类河床

两条狗争抢杂草间
滑动的日影
黑狗嚼嚼水光
将前爪搭在
黄狗潮湿的脊背上

羊鸣。狗有大咧咧的黄昏
看　河的流向
似乎与狗和羊交错的
鸣吠　浑然无关

如果河床属于三只羊

——两条狗蹦哒着
它们　想打垮这河床
零碎的假设

十月十二日

不只一个人说到了冷。

神在咳嗽。多余的神
坚持着罕见的咳嗽
——石头　弯下腰来
它又将白火焰
放错了位置

一些手向土地赊借旌旗
信仰经不起质疑
你在谁的黎明错过
暮光？你仍是低温里
低烧的梦境

雾与吠叫的犬守着
同一座家园　土坑中的

雨　有些浑浊
再过多久　你会让
那些逆行的树影
一遍遍冻结？

神　再次成为
一种假设

不只一个人诅咒着冷

但没有前天冷。

画山

先省略一片青色之雾
鸟搬动的雾可能会
散落在肩头上　再省略一些
雾无法替换的想法

树已经让自己模糊起来
你可以省略它偏北的枝条
有时　树看起来像个
故人——你可以省略它
藏之于雾的某部分梦境

鸟与雾以及树　还将
构建出哪几种水墨时辰？
鸟掠过黎明逐渐洇开的回响
雾退还的鸟声
仍挂在树上

再省略一些喃然自语的石头
它们比上个黎明更为
警觉　它们试图
成为更狭长或凝重的雾

但有一块石头始终在沉睡
它不想浪费的梦呓
闪动　如鸟的
第七种影子

雾升起前的那座石亭边
曾出现一个被多次省略的吟者
他捻须　用竹杖
叩叩随雾而起的虎啸
然后隐入　层峦省略过
千百遍的雨意

薄暮

群山改变风向的方式
不只一种

通过鸟　群山
抵达某些不可能
存在的巍峨

——风的梦境被雕刻成
泛黄的山势

通过鸟的回望
群山　成为一种
隐形暮色

远村

树的村落就是神和一百种
骨头的村落

是鸟与灰色风声的村落

叫不出名字的树是最早的
祖宗也是最后的祖宗
树的村落就是火与
兰花期待的村落是祖宗藏在
谷粒深处的村落

牛反刍的树影有三种
太阳的味道　阳光依旧
弯曲　牛从雨滴里
掏出风的往事

雾比较安详。雾将一部分
叶脉移进自己的凝望中
雾的村落就是雾曾经
背弃与寻找的村落

花香随屋檐上升
花香顶端是一束逶迤的神

神分发唯一的祈愿
神的村落就是亡灵与
星斗不变的村落

高原之夜

拒绝做梦的人为何也在沉睡？
他 有过被梦想忽略的
未来 他是否只能
陪这浅灰色高原沉睡？

巨鹰与稻的高原：你熟悉的
田野 随疾风旋转
那沉睡的人 又一次
替换风确认的苦乐

谁想喊醒更多沉睡者？
梦想的方式变得
沉重 谁在月亮的静默中
延续山河悸动的启示？

风从未来抵达往昔。

为花朵锻造光芒的人
已经离开　他放弃沉睡
让偌大高原　重新
拥有了那条源自
梦境的道路